AF422222

AQUELLOS OJOS VERDES

Take me to the stars for free

Khristtos Cantutti

DLL4-BRG-BØØK$!

Copyright © 2022 Khristtos Cantutti

All rights reserved

The characters and events portrayed in this book are fictitious. Any similarity to real persons, living or dead, is coincidental and not intended by the author.

No part of this book may be reproduced, or stored in a retrieval system, or transmitted in any form or by any means, electronic, mechanical, photocopying, recording, or otherwise, without express written permission of the publisher.

ISBN-13: 9798844092176
ISBN-10: 1477123456

Cover design by: Art Painter
Library of Congress Control Number: 2018675309
Printed in the United States of America

A mi wera...
Tú sabes quién eres...
Aunque no lo sepas...
Aunque lo dudes...
Aunque tu no lo entiendas...

Look, memory can change the shape of a room, the color of a car; and memories can be distorted. They're just an interpretation; they're not a record. They're irrelevant if you have the facts.

MEMENTO

CONTENTS

AQUELLOS OJOS VERDES

khristtos cantutt:

AQUELLOS OJOS VERDES

Khristtos Cantutti

0

Hay una toma amplia, se observa una calle vacía, un vecindario, en medio hay una casa, enfrente de esa casa hay un auto, en ese auto hay dos personas que se ven peligrosamente cerca, no se sabe nada, no aún.

La imagen se corta, solo hay sonidos, sonidos de inhalaciones y exhalaciones profundas, quizá gemidos, ruidos de caricias, besos.

Oscuridad.

Regresa la imagen.

Esta vez dentro del auto...

Mi mano emprende un camino en línea recta hacia la perdición, todo inicia en el ombligo y voy siguiendo la ruta a tierras desconocidas, ya huele a mar, de pronto se siente su vello púbico, mis manos perciben humedad, más vello, y entonces es cuando decido irme al todo por el todo, la vía se ha acabado...pero yo no.

1

Vomito en una taza de baño, estoy en el 1616 holiday inn.

Katherine…
Maldita Katherine…
¿Te conté como la conocí?…
"A Katherine?"
"No…"
Bueno, pues resulta que yo estaba en *los meses del manicomio*…
"¿Que carajos es eso?"
"Ya habrá tiempo de contarte eso".

Por alguna razón Tinder me mostro su perfil a pesar de estar a kilómetros de distancia, 600 según recuerdo, eso era lo que marcaba debajo de su perfil, y sin embargo la vi…con su traje folclórico, sus botines, su maquillaje, no cabía duda de que era una bailarina y que su cuerpo…
Sus fotos mostraban a una chica muy dulce, tierna, no era una criatura como ninguna otra que habitaba en la fauna de la aplicación, y no obstante allí estaba, tuve miedo de presionar el botón de like…

¿Miedo?

Si…
Tenía miedo de que al presionarlo…hiciéramos match.
Cerré la aplicación pensando que debía ser un error, además, ya tenía que prepararme porque me vería con alguien…
"Katherine…?"
"Si…y solo de recordarla se me empalma…"

"Por qué?"
"Ya habrá tiempo de eso..."

La cosa es que pasaron los días y volví a abrir la aplicación pensando que ese "error" pues habría desaparecido, siempre mi radio de búsqueda no excedía los 4km, así que presione el icono de la flama y allí estaba...
Con esa pose croise devant alzando una mano al cielo...
"Joder" pensé.
Volví a cerrar la aplicación.
Fui a trabajar y regresando mientras cenaba pensaba en las mil y una maneras de como ella quedaría profundamente decepcionada de mí, asimismo actualmente era un tren descarrilado.
"¿Doble?"
"No, sencillo esta vez"
El mesero se llevó mi vaso.
Suspire.
Le di una mordida a mi hamburguesa.

Like...

Congratulations, it is a match...

Maldita sea...

2

Un claxon suena.

Casi me estrello con otro auto.

Soy yo huyendo.

Después de haberme aparcado frente a su casa no tuve el valor y puse el auto en marcha, me fui despacio para no hacer ruido, ya habría tiempo de inventar una excusa, no importaba, la cosa era…
irme…
Irme…
Eso fue lo que hice, no me quede, decidí no quedarme y elegir una vida muy distinta a la que pude haber tenido con ella.

Yo seguiré desvelado y sin amor

Apague la radio.

"será una señal?"

Di una vuelta en U.

Un claxon suena.

Casi me estrello con otro auto.

Soy yo regresando.

Llego a su casa, aparco el auto.

"Hola, ya llegué"

Enviar.

3

"Si, 19 crimes"

Tomé unas 3 botellas y luego me dirigí a farmacia para comprar condones, mi celular vibro…

"No puede ser"

Miré a todos lados, no sé en realidad que buscaba, no buscaba nada, solo lo hice, sin querer el iPhone se me resbala de las manos, se estrella contra mi zapato y luego contra el suelo.

Lo recojo.

"Hola kris, bonita noche :)"

Así con el emoji y todo, tras unos días de haber hecho match se había atrevido a escribirme, yo deseaba de todo corazón que no sucediera y sucedió, justo el día en que me preparaba para ver a Katherine, era una película con la misma trama, beberíamos vino hasta embriagarnos, esnifaríamos un poco de cocaína, cogeríamos como desquiciados, hablaríamos de cómo el mundo es una puta mierda, de la tristeza que da vivir y luego la luz del amanecer llegaría, para encontrarnos desnudos, pegajosos de sudor, más cansados que el día anterior y de vuelta al trabajo, ella se iría con sus zapatos de tacón en la mano, yo me metería a bañar, y nada tendría por que ser diferente, nos habíamos habituado a esto, eso era nuestro pequeño universo, siendo sincero la verdad es que no tenía tiempo, intención o siquiera el menor sentido de cordura en esos momentos, decidí que si había algo que hacer…era no hacer nada.

Y eso hice.

Ignore su mensaje.

Me regrese a la sección de vinos y licores.

Agarre otra botella.

"¿Crees en dios?"
"No"
"Mas te vale que creas"

Dicho aquello, Katherine se dirige a su bolso y saca una pipa, no era una pipa ordinaria, y lo que contenía no era tabaco ni marihuana, era cristal…
Jamás había fumado aquello.
Pero…siempre hay una primera vez, ¿No?

4

Suenan unos golpes en el vidrio del auto.

Veo su sonrisa…

Dice algo que no entiendo…

Mi pulso se eleva, las piernas me tiemblan y es casi una proeza salir del auto.

"En que tanto pensabas?"

No me dio oportunidad de responder y me abrazo, aunque para ser sincero no sé qué le pudiese haber respondido, me besa la mejilla y aquí es donde me desarmo, me logra deshacer, deshace lo poco que queda de mí…aunque para ser sincero…estaba tan deshecho que…habría aceptado cualquier migaja de amor que me dieran de quien fuera…y eso era lo que venía haciendo, aceptar lo que fuera de anónimas …lo que ellas me entregasen me hacían sentir como el más afortunado…y Agnes…

Agnes…

No era ninguna anónima.

La abrace fuerte.

Fuerte.

Ella hizo lo mismo.

No había manera que ella supiera que la abrace tan fuerte para no desmoronarme, para que todas mis piezas no se soltaran, por que estar en sus brazos era como aquella ves que llegue al hotel en Boston después de media noche tras una nevada terrible, tras caminar en la nieve con los tenis deshechos, toda la ropa húmeda, los labios resecos, mi cuerpo apunto del colapso y de repente una fogata encendida, calor, un vaso de agua para saciar mi sed, una toalla para secarme, ropa limpia, café recién hecho, sopa deliciosa, pescado con papas fritas, galletas recién horneadas, te de canela con miel, piso de madera recién pulido, seguridad, protección, calma...

Así se sentían sus brazos, así se sentía su cuerpo...

Solo que esto había sido una nevada que duró años, una nevada que me congelo hasta la sangre, que el puto corazón estaba como piedra, que no se lo había entregado a nadie por miedo, que me ponía como perro defendiendo su plato de comida cuando alguien trataba de acercarse más, que a la cama cualquiera podía llevarme, pero al diván ninguna, no me gustaba sentirme tan frágil al estar con ella, no se que me pasaba, solo se que con ella...todo se sentía bien.

5

Ella gime fuerte en mi oído, yo bufo como bestia, mi mano dentro de su calzón acariciando lo profundo de su ser...

"Detente"
"Segura?"
"No"

Nos vamos perdiendo entre las caricias, los besos, mi verga está en su mano y está jalándola como si quiera arrancármela.
"Vas a hacer que termine"
"Pues termina"

De pronto se agacha y empieza a mamarla.
Todo parece tan irreal, no pensé que las cosas fueran a terminar así aquella cita, sin embargo, estaba sucediendo y yo...
Yo no merecía todo esto, no la merecía a ella, estaba tomando el fruto prohibido, me la había ganado a base de mentiras, de venderle solo lo bueno de mí, solo la parte bonita, solo la fachada, me sentía como un impostor, como un chiste, solo que el chiste se había prolongado...y claramente ya no era gracioso.

Suenan disparos a lo lejos.

Ella se reincorpora.

"¿Son balazos?"
"Creo que si"
"¿Qué hora es?"
"No lo sé, ya es tarde, Mis papas deben estar por llegar"
"Cierto"

"¿Cuándo te vas?"
"Hasta el lunes"
"¿Nos vemos mañana?"
"Es domingo"
"No importa"

Lo que no sabíamos es que ese mañana tardaría mucho en ocurrir, que ese domingo se quedaría suspendido en el tiempo, ¿cómo carajo íbamos a saber lo que seguía?

desconocíamos que entre ese fin de semana y el siguiente el mundo cambiario tal y como lo conocíamos, se declararía estado de emergencia y todo se vería truncado, una pandemia...una puta pandemia...quien lo hubiese imaginado ¿no?, tal vez de haber sabido eso nos hubiésemos visto el domingo, la verdad no recuerdo que paso o quien cancelo, solo recuerdo que no nos vimos, lo tomamos a la ligera sin hacer caso a eso que dicen...no dejes para mañana lo que puedes hacer hoy...

6

No le podía decir la verdad.

No le podía decir que necesitaba alguien mejor, alguien que claramente no era yo…**y**… ¿Por qué no serlo?…no lo sé…ni siquiera sé cómo podría funcionar aquello, supongo que solo soy una mala persona y ya…cuando eres una mala persona solo lo eres y ya, sale por default, no quería estar con ella solo por estar, si iba a estar con ella me encantaría todo con ella, pese a todo no podría concebirme en una relación a distancia, menos cuando no se si seria capaz de decirle que no a Paula Judith…

Esa que cada vez que venía de visita siempre pasaba la noche con ella, se hospedaba en un fiesta inn cada mes, ambos sabíamos que aunque tuviéramos un mes muy jodido, siempre existirían esos días donde nos vemos y nos despedazamos como putas bestias salvajes, y estarán esos días donde a la mañana siguiente tomare un autobús a mi casa, oliendo a sudor, cigarros, vino barato…

Ella me recibiría en la terminal, yo la vería a los ojos y le diría un montón de mentiras e incluso la besaría en la boca para después susurrarle "te quiero"…con esa misma boca con la que le devore el coño a Paula Judith la noche anterior, con esa misma boca con la que fui capaz de besar a no sé cuántas otras chicas porque soy idiota, y eso hago, y no sabre como respetarla, porque no me importara nada a la hora de enrollarme con otra que no sea ella, terminare con el hocico escurriendo de jugo de coño para luego ir a besarle la boca…boca con la que le mentiré que no he estado con nadie más que con ella…y ella me creerá…me creerá porque no sabe ni siquiera quien soy yo…no es justo, no era justo…no lo era…

joder…

Me presente con ella como alguien que no era y ahora no quería hacerme cargo de las consecuencias…quería canjear mis fichas e irme…aunque canjear esas fichas significara la recompensa de una trampa…

"¿En qué piensas?"

Esa pregunta me frenó en seco todos aquellos pensamientos y esa mala cabeza que tengo…
Todo…todo cedió unos instantes…
Paz…
Se extinguieron los malos pensamientos…
Deje de pensar en toda la maldad y perversidad que existía en mí…
Silencio…
Calma…
¿Como era posible que una criatura como yo pudiese estar parado tan cerca y frente a una chica como ella?…
El León y la Gacela…

Me limite a decir lo primero que tenía en mente…
"Parece que fue ayer la última vez que nos vimos, es todo"
Sonreí.

Ella Sonrió.
Ojalá su sonrisa fuera eterna.
Ojalá su sonrisa fuera aquello que pudiese ver cada vez que las cosas van mal
Ojalá su sonrisa fuera algo que en verdad mereciera…
Ojalá su sonrisa fuera lo que viera cada mañana al despertar…

Tenía la sonrisa mas bonita y mas linda que había visto, no había una sonrisa similar en ningún otro lado…
Esa sonrisa era para mi…
Esa sonrisa era por mi…
Y me rompía y me dolía saber que no había nada de que sonreír si tan solo supiera que yo no era quien ella pensaba.

Si bien parecía que el tiempo no había pasado, o que incluso no se veía tan remoto aquella primera vez que nos conocimos ...

No se veía tan distante aquel minuto donde nos prometimos vernos *el siguiente domingo*, pareciese en efecto que ese día...era aquel siguiente domingo donde podríamos darle rienda suelta al fin a todo aquello que sentíamos, era nuestro "animas que no amanezca", iba a ser media noche en parís, pizza con queso extra, el último movimiento de la sinfonía 40, fresas cubiertas de chocolate, Harvey wallbanger, alma negra gran misterio, madera de agar, jazmín, manzana...

El tiempo nos castigaba y no encontrábamos más delgados, más cansados, más ojerosos, más desesperanzados y hartos de como la vida nos había defraudado, estábamos menos ilusionados del futuro, menos alegres, menos ansiosos sobre la siguiente idea que pudiéramos tener sobre cómo salir de la precariedad en la que nos hallábamos para descubrirnos una vez más anhelando esos planes que nos truncó el maldito virus en pensar en los hubiera, en pensar que de todos los hubiera, el único hubiera que existía era el que podíamos consumar de domingo que no existió...era el premio de consolación que el destino nos daba para compensarnos los malos tragos, las tristezas, las decepciones, las vidas que no fueron, los viajes que no se hicieron, las personas que murieron, los ahorros disipados en nada, las crisis de ansiedad, las idas a terapia...

7

La bese…

La bese… ¿que se supone que hiciera?
No era la primera vez que la besaba, ni era algo extraño hacerlo, no recordaba siquiera en que cita la había besado por primera vez y desde entonces las cosas no habían hecho otra cosa más que ir subiendo de tono, y a pesar de esto, todos los besos sin importar cuantos fueran, todos y cada uno de ellos se los daba con miedo de que fueran rechazados, una parte de mi quería tanto que me rechazara para ya ponerle fin a todo esto…y la otra parte de mi deseaba continuar, aunque fuera por curiosidad…

Saber lo mucho que había anhelado aquel beso durante todo el tiempo que no la había visto convertía ese instante en hacer realidad lo que pensé que no volvería a suceder,
mis manos en sus mejillas dándole un beso lento…
Lento…
Me separo y veo sus ojos…
Los veo tan cerca tal cual fue la primera vez que la vi…
O más bien…que ella me vio…

Se apareció ante mí, invadiendo mi espacio personal, sin habernos visto de antes, sin conocernos previamente, no olvidare jamás esa imagen de ver sus ojos tan de cerca, sus ojos abiertos como platos…
“¿Tú eres kris?”
“Si”
Recuerdo que tras afirmar me aleje un poco.
Habíamos quedado para patinar en hielo, y eso hicimos.

Recuerdo llegar a mi casa pensando en definitivamente ya no hablarle, aquella cita me hizo confirmar lo que ya venía pensando desde que la vi por primera vez en Tinder.

Ella no era para mí.

No tenía sentido entrar a su vida con mis mierdas, no de momento, ya cuando limpiara todo, arreglara mi vida, mejorara quien soy y todas esas putas mierdas, blablablá... entonces tal vez podría considerar acercármele...

Considerar...

8

Le cerré la puerta con mucho cuidado.

Mientras rodeaba el auto no dejaba de pensar que era una mala idea, recordaba esa sensación amarga de cuando la bese por primera vez, habían pasado un par de citas, fue un beso muy cálido, lento…muy lento, su mano derecha en mi hombro y la otra en mi nuca…mis manos en sus mejillas…ambas…incluso cuando nos separamos, mis manos continuaron acariciando su rostro como tratando de memorizarme su carita hermosa…después de ese beso me prometí espaciar aún más las citas o incluso no volverla a ver, pero su sonrisa…su sonrisita…

"¿Estas bien?"

Supongo que mi rostro no tenía una expresión de paz tras aquel beso robado, ¿y cómo iba a poder tenerla? no había manera, ella era una chica que yo no era digno de tener.

Pero su sonrisa…

Aquella sonrisa…

Aquellos ojos verdes…

"Rayos"

Se me cayeron las llaves del auto y esto me saca de aquel trance de estar recordando el primer beso, me agache para recogerlas pensando que sería una cita en el Starbucks como alguna otra que ya habíamos tenido, que probablemente yo terminaría mi café antes que ella, que tal vez ella pediría algún frapucchino que tuviera muchos colores y chispas de chocolate, que nos sentaríamos frente a frente pero después de un rato estaríamos sentados del mismo lado de la mesa, yo pondría mi mano en su rodilla, le daría un beso en la mejilla, ella lo respondería con uno en mis labios y me mostraría aquella sonrisita tan linda…

Me subí al auto y mientras manejaba no podía parar de preguntarme en qué momento se escaló todo, en qué momento se volvió totalmente normal besarnos en la boca, tomarnos de la mano, tratarnos con tanto cariño, quien nos viera sin conocernos pensaría que éramos novios, incluso a mi…me gustaba pensar que así era…me gustaba pensar que en alguna vida paralela donde yo si era un buen hombre y no habían sucedido ningún episodio donde era una mala persona, donde más bien…era un gran hombre…como mi abuelo…como mi padre…donde no fui la manzana podrida del árbol…

Me tomo de la mano derecha mientras manejaba.
“Vamos al Starbucks verdad?”
“Si”
Y mientras le afirmaba me voltee para verla a los ojos, para cerciorarme que sus ojitos seguían siendo tan hermosos como los recordaba.

9

Estaba oscuro, yo acababa de volver de Toronto, teníamos más de 8 meses que no nos veíamos y eso no impidió que en plena sala de cine se nos subiera la temperatura, terminamos en el baño de mujeres donde la situación se fue escalando tanto que lo único que logro detenernos fue cuando tocaron la puerta...
"Ocupado" Grito ella.
Solo agradecí mentalmente a la persona que había tocado la puerta por haber detenido todo
"¿qué hora es?"
revise la hora en mi reloj
"Las 11:30Pm"
"Ya debería estar en casa"

10

Me estaciono.

"¿Crees que aun tengan pumpkin spice?"
"Ojalá"

Salgo del auto.

Camino.

Le abro la puerta.

Extiende su mano para que yo la tome.

El sol hacía que su pelo brillara aún más, sus pecas, sus ojos verdes…todo resplandecía en aquella piel tan blanca, podía verla en cámara lenta, quería grabar ese momento, ese atardecer, ese tono de cielo, como iba vestida…

"¿Qué pasa?" me voltea a ver riendo

Solo sonrió y meneo la cabeza, no sabía que decirle, no sabía cómo decirle que pensaba y pensaba en cómo era la chica más guapa de toda la ciudad, la chica más guapa que mis ojos habían visto jamás, que tenía la sonrisa más linda y más destructiva porque no había muros que pudiera construir para no quedarme expuesto, que me dejaba sin aliento, que me ponía a temblar con solo mirarme, que mis palabras se tropezaban unas con otras cada vez que le hablaba, que como una chica como ella podía estar (tan) sola, que me sorprendía como nadie se fijase en ella, que incluso pareciere como si no existiese, como si fuere invisible…nadie la volteaba a ver, me era increíble como nadie se percataba de su presencia, nadie la barría con la mirada nadie la deseaba sexualmente (o no sexualmente), no le despertaba nada a nadie, despertaba más miradas la flacucha que estaba en la caja, ¿es que nadie carajos podía ver lo que yo veía en ella?, ¿es que todo el mundo esta ciego?, ¿es que todo el puto mundo se ha vuelto loco?...

"Bienvenido a Starbucks, ¿cómo le puedo atender el día de hoy?"

11

Estábamos caminando en algún parque cerca de su casa, íbamos rumbo a comer unos tacos, yo no tenía mucha hambre y tampoco mucho dinero en ese momento, comimos poco, pero platicamos mucho, siempre era bueno verla, lograba conectar, aunque fuera casi nada de la casi nada…que de mi quedaba…

"Te decía que ha estado un poco complicado el trabajo, ha habido varias reducciones, tal vez cierren la fábrica y encima…mi papa me amenazo con correrme de la casa"
"claro que no, ¿cómo crees?"
"Pues sí, la verdad es que no nos llevamos bien"

Ella le puso salsa verde a sus tacos, yo salsa roja, y sé que no es importante aquella cita de los tacos, y se que no es importante que salsa uso cada quien aunque de manera poética…el elegir una salsa distinta nos mostraba que no éramos iguales,
esta cita fue preámbulo de que uno o dos meses después yo ya estaba exiliado en monterrey, mi papa había hecho efectiva su palabra y ahora vivía las consecuencias del orgullo de ambos.

Esa cita en particular fue como la calma antes de la tormenta, una tormenta donde después de atravesarla…ya no volví a ser yo mismo, creo que por eso trato de abrazar ese recuerdo…
Por eso trato de abrazar los recuerdos que tengo de ella…
Por eso trato de aferrarme a no olvidarla…
Me hace recordar que alguna vez llegue a sentir algo bello por alguien…

Quisiera escribir de todas las citas, de las conversaciones

telefónicas, de los mensajes, quisiera escribir tantas cosas y los recuerdos se van desapareciendo, es como tratar de atrapar el aire con las manos, cada vez hay menos recuerdos…

Menos memorias…

Menos buenas intenciones…

Menos…

12

"Creo que aquella mesa está vacía"
"Creo que si"

Ella tenía las manos en la mesa, yo las tome y me pare levemente de mi asiento para besarla, un beso corto, suave, con un retroceso lento, una risita que era correspondida, creo que me había inventado un mundo de fantasía, algunos creen que es un problema, algunos creen que me gusta soñar despierto, ilusionarme de a gratis, ¿y como coño podría no hacerlo? lo que yo sentía por ella era puro, era sincero, tan sincero…que por esa misma sinceridad y la que tenía que poseer lo correcto era ya no continuar, abandonar toda esperanza, no por mí, por ella, que mi mejor regalo de amor hacia ella seria darme la media vuelta e irme, ¿y cómo se supone que me iría? no dejaba de pensar en ella, como si no disfrutara de sus ojos preciosos cuando me veían, como si no me gustara tener todos esos pensamientos bonitos , como si no me gustara imaginar un mundo donde empiezo por hacer las cosas bien.

¿Qué me ilusione? Pues claro, y cualquiera en mi lugar lo habría hecho, ella era algo fuera de este mundo, no era como ninguna otra.

13

Me da un beso en la mejilla.

Ella está frente a la estufa.

Acabo de regresar de trabajar, tenía tantas ganas de volver a casa porque iba a estar ella, porque era el hogar que habíamos construido los dos, había un fuerte olor a manzana canela, siempre había una vela al centro de la mesa, los tonos de las paredes, las luces, la decoración todo era en tonos muy cálidos, anaranjados en su mayoría.

"¿Como estuvo tu día amor?"
Le acaricio los hombros mientras me acerco por atrás y ella menea una sopa de tortilla.

Ella se gira un poco y yo la beso.

Me acaricia el rostro.

"¿Ya se durmió la niña?"

Asintió con una sonrisa.

Nos sentamos a cenar, hablamos de nuestro día, tenemos un hogar, una familia…una de verdad, una donde nadie le gritaba a nadie, una donde todos eran respetados, una donde nos sentíamos protegidos, queridos, los leños de la fogata crujen…

Algo no se siente bien…

"¿Te sirvo más?"
"Por favor"

Empiezo a ver a todos lados.

No hay relojes.

"¿Dónde estamos?"
"Disfruta esto, no durara mucho"

14

Tengo su mano en la rodilla y le doy un sorbo al café, está ardiendo, pero finjo no haberme quemado la lengua.

Ella me contaba de su terapia, de su ruptura emocional cuando sus planes se le fragmentaron, cuando paso casi dos años ahorrando para irse a España, había conseguido beca y trabajo, una vez sabiendo esto y la fecha de ingreso pues renuncio a su trabajo en diciembre 2020, vendió su auto, su ropa, todo, su vida la redujo a dos maletas, y todo se vio truncado por el covid, perdió el dinero de los vuelos, su oferta laboral expiro, y ahora tendría que aplicar de nuevo a la beca que ya tenía aprobada, toda esperanza de aquella nueva vida que iba a tener se había esfumado pero no solo eso, la vida que tenía ya no existía tampoco, todo lo que existían eran dos maletas…

y ahora todo su tiempo, esfuerzo, dinero y energías habían sido puestas en algo que probablemente ya no sucedería pronto… o quizá nunca…debí hablarle yo de Kuwait, de Taiwán…de Italia…incluso de ciudad de México…explicarle que no era el fin, que múltiples ocasiones intente irme y aunque eventualmente lo hice, no por las mejores razones y descubrí que de quien quería huir era de mí, debí decirle también que siempre se puede volver a planear algo, que si reuniste el dinero una vez, lo puedes hacer de nuevo…debí hacer muchas cosas…sobre todo después de su apertura y sinceridad era la mejor indicación de que era el momento perfecto para yo confesarle que iba a narcóticos anónimos, que había acudido a un par de juntas de adictos sexuales anónimos… que entraba y salía, que no lograba encontrar un poco de paz y que las cosas estaban cada vez más complicadas, que estaba en caída libre, que me encontraba perdido, triste, desmotivado, cansado, fastidiado de la vida, tratando de hallar un poco de sentido a todo lo que hacía...y que sin embargo las cosas no cambiaban, yo no cambiaba, nada cambiaba... ¿pero que podría ganar yo poniendo mis mierdas enfrente?, y todo ese miedo de ser rechazado por ella, todo ese malestar, todo ese sentimiento de sentirme incorrecto, inadecuado, estúpido...lo mejor que se me pudo ocurrir era empujarlo hasta el fondo del barril como siempre, machacar toda esa mierda para evitar que emergiera, ignorar que existe y la vida sigue, además, a estas alturas del juego me invadía la necesidad ferviente de cogérmela, cogérmela por el tiempo que no nos vimos, cogérmela por la cuarentena eterna, por el covid, por la frustración, por los planes no realizados, por los sueños rotos, por todos los desamores, por todas las traiciones, por la puta vida misma, porque el destino nos puso allí por la tristeza que da vivir...por todo a la verga...

15

Sacudí la ceniza de mi lucky strike.
"¿Como está el clima?"
"Pues esta agradable, Toronto no es tan frio en mayo, es increíble como son casi las 9:00pm y apenas se está poniendo el sol"

Veo a Layla que me hace un gesto mas no entiendo a qué se refiere.

"Cuando regrese…iré a verte…"

Eso no sucedió.
Regresé.
No la vi.

Tenía muchas cosas en que pensar después de haber estado en Canadá, y verla me haría las cosas más complicadas, de hecho, le mentí que seguía allá cuando en realidad tenía un par de semanas de haber vuelto, solo que use esas semanas para continue embriagándome y saliendo con otras chicas de mala reputación.

Tome una oportunidad de salir de la ciudad sin saber que ese sería el último viaje que haría antes de dejar de laborar en la fábrica de celulares y antes de marcharme de Reynosa de manera definitiva, yo no sabía todo esto, aunque saberlo no hubiese cambiado nada.

15

"¿A dónde vamos?"
Solté la pregunta deseando que lo que saliera de su boca fuera un escenario donde no hubiera posibilidad de que subiera la temperatura entre ambos.

"¿Al cine?"
"No lo sé, no hay ninguna interesante"
"¿A cenar?"
"Es que aún estoy llena por el café"

Pasé por varias opciones, ninguna era de su agrado...

Mi corazón late con más fuerza cada vez, todo este tiempo yo había considerado que ella pudo haber "olvidado" lo que dejamos inconcluso, obviamente no, yo deseaba que así fuera, aunque el hecho de que yo lo deseara no significaba que se fuera a hacer realidad.
Me fui agotando las opciones de a donde podríamos ir.

Era muy claro.

Solo quedaba una opción.

Lo mejor que se me ocurrió fue negarlo desde la propuesta, tal vez si lo lanzaba de esa manera todo sería más fácil, ella no tendría que dar explicaciones, no tendría que excusarse, no tendría que decir nada, solamente decir que no...
Yo la llevaría a su casa, la acompañaría a la entrada, le daría un beso y me iría, luego compraría una botella de vino en alguna gasolinera, llegaría a mi cuarto, bebería algunos sorbos y como el

vino me pone caliente pues acabaría masturbándome pensando en ella y sería una masturbación muy satisfactoria porque sabría que de las pocas decisiones correctas que he hecho a lo largo de mi puta vida…pues esta decisión había sido la correcta.

Respire hondo.

Aquí va.

"Vale…te lo voy a preguntar por qué ya no se me ocurre otra cosa, y por qué si no lo pregunto luego llegaré a casa pensando en el que hubiera pasado, de modo que lo voy a preguntar sin esperar nada, de hecho si me dices que no, no importa, yo solamente no quiero llegar a mi casa sin machacarme con la idea de que debí haber hecho esto, así que bueno…ahí va…Agnes la última vez que nos vimos dejamos algo inconcluso, se me quedó la duda, y quisiera saber…si tu querrías la segunda parte…digo, si tu dijeras que no… pues…no pasa nada, si tu no quieres está bien, y yo lo comprendo, y…"

"¿Por qué no querría?"

Me interrumpió.

Pase saliva.

Chasquee la lengua.

Silencio.

Nos miramos a los ojos.

Nadie dijo nada.

"¿Segura?"

Acaricie su rostro.

Sus ojos verdes me miraron fijamente.

"Si"

Deje caer mi cabeza contra el respaldo del asiento, inhale y exhale profundo.

Enciendo el auto

Asentí con la cabeza

"De acuerdo"

16

"Quisiera hablarte de ayer"

"¿Ayer?"

"Bueno, más bien quisiera hablarte de todo"

"No te estoy entendiendo"

Me pase las manos por la cara desde la frente hasta mi barbilla.

Repose mi barbilla en mis puños.

"No, he sido sincero, ¿vale?"

Pase saliva.

La caja de pandora…

"Mira, hay cosas que no sabes de mí, así que te pido que me escuches, voy a responder todas y cada una de tus preguntas, más necesito que me escuches, ya es muy difícil para mí abordar esto…"

"¿Abordar que?, no te estoy entendiendo"

Me interrumpió muy confundida, podía verlo en sus ojos, hubiese sido mejor idea anotar todo mas no lo hice, creí que ensayarlo un poco en el auto cuando manejaba a su casa sería suficiente y ahora me daba cuenta de que no, verla a los ojos era difícil, pero tener que confesarle la verdad de una vez por todas…era casi imposible, una parte de mi quería mantener la mentira y otra parte de mi hacer lo correcto.

"Soy un mentiroso de mierda"

17

Podría hacerlo hasta con los ojos cerrados, conocía el camino de memoria, íbamos a hacia las afueras de la ciudad…donde estan los moteles, donde pasaba todos los fines de semana, era la época de los *diarios moteleros*, los había visitado todos, el "Fiesta", el "Dalí", el "Isla", el "Malibú", el "Plaza" … todos…

Jure no volver a andar por esos caminos, y sin embargo ahí estaba sabiendo que ella no era como ninguna otra, que toda esta historia merecía un mejor final y no que culminara en un motel de carretera.

Me aparque frente a un Oxxo para comprar condones.

"Aquí están unos chocolates, son los que te gustan ¿cierto?, traje dos botellas de agua, y dos botellas de Coca-Cola una de dieta y una regular"

Se le ilumino el rostro.

Antes de encontrar ese Oxxo abierto pasamos por varios, pasamos por un seven eleven y todos estaban cerrados, había olvidado que existía un toque de queda por las noches, incluso pensé que si no encontrábamos ninguno abierto pues ya no tendría manera de conseguir condones y así todo podría concluir en buscar el siguiente retorno en la carretera para ir a dejarla a su casa porque no teníamos condones, aunque…pudiese decir algo así como "échalos adentro y mañana me tomo la pastilla"

Sujete el volante con la mano izquierda, con la mano derecha aproveche para ponerla en su muslo y empezar a acariciarla.

Total, ¿ya qué más da?

Si voy a cenar empanada...vale más que vaya precalentando el horno.

Total, ¿ya qué más da?

Si voy a cenar empanada...vale más que vaya precalentando el horno.

18

Cruce la frontera Hidalgo-Reynosa a pie, traía un rostro de no haber dormido en días...no lo había hecho, *el manicomio* había cerrado su ultimo episodio conmigo deseando haber muerto, mis lentes de sol negros a pesar de que eran las 6:00 AM, un café en la mano y con la otra arrastrando una maleta de rueditas que no giraban correctamente, hacia ruido conforme avanzaba, todo había acabado y era una nueva oportunidad de reincorporarme de nuevo a la vida, probablemente podría hacer las cosas bien esta vez...si...claro...

Aborde un taxi.

Aunque sabía bien que aquel cacharro difícilmente podía avanzar me hubiese gustado mucho que tuviera calefacción, que la encendiese, tenía mucho frio.

Vi mi celular, y la volví a ver a ella...

Respire hondo.

"Hey, hola"

Enviar mensaje.

19

"Con cuidado"

Le extendí la mano para que se bajara del auto, habíamos llegado al motel "fiesta", incontables veces había estado allí, algo no se sentía bien, y si ella no era como las demás ¿por qué la trataba como las demás?

Subimos la escalera, esa escalera que conocía bien, ese mismo olor que aumentaba con cada escalón, un olor de cigarrillos, alcohol, sudor, culpa, sexo, vicios de medianoche, placeres carnales…ese olor inconfundible…
Enciendo la luz, todo seguía en su sitio, la cama tenía más quemaduras de cigarro en el respaldo, el televisor había cambiado, el aire acondicionado ya no era de ventana, las sábanas eran diferentes, las cosas cambian, lo que no cambia son las personas, la muestra era que ahí estaba de nuevo más bestia que persona deseando que hubiese algo que detuviese todo por completo.

"¿Pasa algo?"
"Si, es que hay mucha luz"

Deje mis lentes, mis llaves, la cartera, las monedas que traía en la bolsa, coloque todo en la mesa tratando de ganar un poco más de tiempo para ordenar mis pensamientos, tenía mucho en mi mente, luchaba por no perder la sensatez, no quería dejarme arrastrar a la locura, acabar haciéndole mis perversidades, quería realmente estar ahí…

Ahí…

Con ella...

Con ella y nadie más...

Nos besamos, y por más ganas que tenia de seguirla besando era tanta mi tristeza y tantas mis penas que no pude más que derrumbarme contra ella y caer abrazados en la cama.
Me quede varios segundos contemplando si lo que quería era un abrazo de ella no tenía ninguna razon para involucrarla en toda mi confusión.
Me daba tanta vergüenza y tanta pena aceptar que estaba mal, que estaba triste, roto...y ahora ahí estaba encima de ella en sus brazos buscando un poco de calor, buscando sentirme deseado, buscando escapar un poco de mí mismo, solo la abrace, la bese, le acaricie todo su cuerpo, no hice nada más, no quise hacer otra cosa, no de momento... lo hice todo como si supiera de manera inconsciente que esa sería la última vez, como si supiera que después de que acabara todo ya no habría más de nada.

No quería iniciar lo que ya era inevitable, no aun, quería disfrutar ese abrazo, quería aprovechar ese momento, quería inhalar un poco de su perfume, memorizar todo, tratar de no pasar por desapercibido ningún detalle, estábamos por consumar algo que comenzó años atrás, aquí y ahora era el resultado de unas ganas añejadas y la llama de un deseo que nunca se extinguió.

Sus uñas se clavaron en el cobertor de la cama.

Gimió.

20

“Leí que había un patinadero en la plaza central”
“¿De hielo?”
“Si, de hielo”

Ella se notó sorprendida.

Hasta ese momento solo era una foto y una voz, una voz muy bonita.

“Es aquí jefe?”
“Si”

Me baje del taxi.

“Si, te decía que podríamos ir a patinar un rato, conocernos, no se…”

Sonaron los ladridos del perro.

Había llegado a casa.

Si se podía llamar casa.

“Vale, déjame desempacar y te mando mensaje para ponernos de acuerdo”

21

Me veo en el espejo.

"Ya estarás contento?" me dije a mi mismo en voz baja sin quitarme la mirada de encima.

Desnudo, despeinado, gotas de sudor recorriéndome el cuerpo.

Suspire.

"Era lo que querías, ¿no?" me repetí frente al espejo.

¿Era realmente lo que quería?, ¿así era como imaginaba que terminaría esta historia? Me sentí mal, incorrecto, como un ladrón.

Y ella ahí sentada en la cama, tan tranquila, tan hermosa, y yo tan pinche destruido por dentro y por fuera, no me podía mover, no tenía el valor de hacerlo, quería verla en la cama desnuda, quería guardarme muy bien esa imagen en mi mente, quería recordarla…
Su inocencia…
Su corazón tan roto de todo aquello que no fue…

La palidez de su cuerpo…
Su espalda…
El cabello sobre sus hombros…

21

"No te entiendo, ¿cómo que un mentiroso?"
"Pues si…eso…un mentiroso"

Ya no había vuelta atrás, ya tenía que confesarle todo, y por todo… pues eso…nada de filtrar la verdad, ocultar información.

"Pues solo te he mostrado lo mejor de mí, hasta ahora quien te he vendido que soy…no ha sido del todo cierto, tengo problemas en mi casa hasta el punto que en un pleito con mi padre me corrieron y acabe en monterrey metiéndome en todos los problemas que pude durante varios meses hasta que perdí ese trabajo, pensarías que fue suficiente y no…no tuve mi lección…luego conseguí otro trabajo…y otro…hasta llegar a uno donde tenia lo que se supone que quería, un puto bmw, un departamento con terraza, acostarme con mujeres diferentes todos los días…y adivina… tampoco eso fue suficiente para aprender mi lección…porque nunca aprendo, vivía embriagado todos los días, un par de veces llegue intoxicado al trabajo y llegaba directo al baño para esnifar cocaína para que nadie se diera cuenta…perdí ese trabajo… pandemia…crisis…nadie me contrataba…no había trabajo en ningún lado…inicie todo *el cooking show* por que no tenía para comer y mi mejor idea fue vender comida para así quedarme con las sobras y poder tener alimento diario…luego funciono tan bien…tan demasiado bien que cuando lograba sacar el dinero de la renta pues ya no me importaba y despilfarraba el resto en drogas, alcohol y mujeres…desarrolle tanta dependencia a que si no estaba en esa triada me termine metiendo con hombres, con transgéneros, con lo que fuera…lo único que importaba era seguir rodando en camas ajenas…contraje un par de enfermedades, entre ellas virus de papiloma humano…para mi suerte no me hizo daño pero a la persona con quien estaba si, la persona con la que estaba saliendo, la persona que logro ver algo bueno en mi cuando ni siquiera yo lo podía ver…y para la mala suerte de ella acabo dándose cuenta demasiado tarde…cuando se le detecto pues ya tenía cáncer…se pinches murió…¿y fue suficiente?…no…no lo fue…no aprendí nada de todo esto…y para ser sincero sigo sin aprender nada ni tener mi lección de todo esto, muchas veces te mentí para no verte, eras lo único bonito de toda esta mierda de vida, no sabía cómo mantener la compostura o llegar limpio a verte, muchas veces vine a Reynosa…incluso en pandemia… preferí mejor verme con mis viejos amores, embriagarnos, coger como animales y quedarnos dormidos…te mentí diciéndote todo aquello que el covid, que el trabajo, que no sé qué…cuando en realidad…Sí venía, solo no quería verte, no quería que me vieras como estaba, me daba vergüenza…Eres lo mas bonito que me ha pasado, me gustaba mucho verte por que me hacia creer en que había algo mejor para mí, que había tiempos mejores, que valía la pena cambiar, que había razones para vivir…incluso me gustaba pensar en un futuro contigo, casados, con una hija, que se llamara como tú…que…"

Ella empezó a llorar.

Me sentí como una puta mierda.

22

Me enjuague la cara.

"¿Que harás ahora?" me dije viéndome al espejo.

Estaba dormida.

Me recordó mis peores historias donde a mas de una la abandone en un motel, paso por mi mente hacerlo, pasaron por mi mente muchas cosas.

Fui al baño.

Orine.

Con el sonido de la descarga ella se despertó.

"¿Tienes hambre?"

Asentí con la cabeza.

"¿Quieres taquitos?"

Su voz sonó tan dulce, tan hermosa…

Me dieron muchas ganas de llorar, quise confesarle todo de una vez, pero eso hubiera arruinado el momento.

Sonreí.

Ella sonrió de regreso.

23

Izquierda:
Vi como los autos pasaban.

Derecha:
Vi como la barista tomaba órdenes.

Al frente:
Las lágrimas resbalaban por su rostro.

Estaba roja.

Ya no dije nada, no hacía falta, ella seguía llorando y yo me sentí como una total porquería, todo esto había sido una mala idea, ¿y ya que podría decir?
¿Lo siento?
¿No fue mi intención?

No había nada que pudiese decir.

"Perdóname"

Ella me acaricio el rostro.

Nunca había hecho eso, y que lo hiciera no era buen augurio, lo hizo mientras meneaba la cabeza decepcionada.

"¿Estas limpio?"

"Si, al menos de sustancias supongo"

Le mostré mi llavero de 90 días de narcóticos anónimos.

"Ay kris"

Dijo aquello con una tristeza profunda.

Silencio.

Casi pude sentir que el tiempo se detuvo, escuché la caja registradora, la máquina de expreso expulsando vapor, unas tazas chocando, todo sucedía en cámara lenta y otra vez…

Silencio.

24

"¿Que tacos se te antojan"
"Tacos ducks"

Abordamos el auto, y me dirigí a los tacos ducks, ella me fue dictando el camino, la ciudad cada vez me era menos familiar, los lugares que solía visitar ahora estaban destruidos, vandalizados, demolidos…las calles eran distintas, los edificios, los bares tenían otro nombre, lo que en algún momento pude llamar *mi* ciudad ya no la podría llamar de esa manera, me sentía como un forastero, un turista, estar con ella era lo mas cerca de sentirme en casa.

"Es por allá"

Aparque el auto.

No sabia lo mucho que extrañaba los tacos, las salsas, y juraría que hasta los limones sabían distinto, ella lucia feliz, creo que había sido una cita bonita y que todo salió de acuerdo con lo que ella esperaba.

"Estan ricos los tacos"

Ella solo asintió y sonrío

"Me encantan estos taquitos"

Algo no se sentía bien, era claro, los dos estábamos teniendo una cita totalmente diferente.

25

Se puso de puntitas y beso delicadamente mis labios.

Lento.

Cálido.

"Trata de no meterte en problemas, ¿vale?"

Extendió su mano para acariciar mi cabello.

Suspiro hondo y sonrío amargamente.

"Ay kris"

Lo menciono amargamente.

Su rostro seguía rojo.

Sus ojitos hermosos estaban hinchados por llorar.

"Avísame cuando llegues"

Se giro.

Me quede en la puerta de la calle hasta ver como recorría el jardín y se metía a su casa, ella ya no se giro como lo hizo otras veces para decirme adiós, no se giró para lanzar un beso al aire, no se giró…

solamente abrió la puerta de su casa y desapareció.

Me subí al auto.

Mi celular vibro.

"Como que vienes al rancho y sin avisarme papito hermoso"

Era *la roja*.

Me arranque a llorar dentro del auto.

Giré la llave, encendí el motor y me fui.

El auto aun olía a ella.

Sospechaba que aquello que le avisara cuando llegase era una mera formalidad, sentí que las cosas ya no volverían a ser igual.

Detuve el auto en una gasolinera.

"Tanque lleno por favor"

Me baje del auto y camine al seven eleven.

Cerrado.

"Maldita sea" dije en voz baja.

Saque mi celular.

"Por su puesto que iba a dejar lo mejor para el final mi roja, que estás haciendo?"

"Nada, aquí esperando"

"Esperando que?"

"A ti"

La roja significaba problemas, yo ya era problemas.

"mañana será una puta mierda" pensé.

Me quede un par de segundos parado.

Mañana será una puta mierda… ¿y que importa? …hoy ya lo es… y la verdad es que no voy a cambiar, todo es una puta mierda, no sé para que sigo pensando que voy a cambiar cuando sé que es mentira, no sucedió antes y no va a suceder ahora, lo mejor que podía hacer era seguir bebiendo como cosaco, seguir metiéndome cuanta droga pudiera, rodar en la mayor cantidad de camas posible, irme sin frenos a la locura y estrellarme donde me tenga que estrellar, a nadie le importa, ni siquiera a mí, nada resultaba como esperaba, no estaba ganando nada acudiendo a las juntas de narcóticos anónimos, ¿ de qué me servía estar limpio? De nada… pinches nada…estar limpio no había solucionado nada, la vida era más aburrida, ¿y Quién carajo quiere vivir? Es una tristeza toda esta broma de la existencia y de darle sentido, nada tiene sentido, nada es nada, siglos y siglos todos buscando el significado de la vida cuando la realidad es que no significa nada…pinches nada… todo es una mierda

Aborde el auto.

Chasquee el paladar.

Tome mi llavero de los 90 días.

Lo arroje por la ventana.

Le subí el volumen a la radio.

26

Toco a la puerta.

"¡Qué onda perdida!".

EPÍLOGO

Ver a Agnes era sinónimo de saber que hubo una vida que pudo ser y no fue, que todas y cada una de las visitas era ver la esperanza a los ojos, ver que había algo más que todo el frenesí que llevaba, que tal vez las cosas podrían cambiar si yo lo decidía pero que nunca tuve el valor de hacerlo, me gustaba sentir su calidez y su ternura mas no lo suficiente para dejar mis vicios, debí haberme quedado con ella, abandonado todo, convencerla de vivir conmigo o yo con ella, mudarnos a otro lado...

Ella era mi ticket dorado a la vida de mis sueños...con la mujer de mis sueños, era un cheque en blanco de una cuenta de banco con dinero ilimitado, era un boleto de avión hacia todo el mundo, era la llave maestra, era una fogata en pleno invierno, el limón y sal de los tacos, el engrane que le hacia falta a mi corazón para que este pudiese girar, era todo eso y más, era todo aquello que ni siquiera podre describir nunca, y ahora es tarde, muy tarde, no se si fue error haberle mostrado quien era, si debí seguir ocultando las mentiras y tratarla como a todas, si debí racionar mis verdades como gotero, si no debí haberla contactado nunca... ya todo esto no importa, y no hay nada que pueda cambiar esto, a pesar que ella no lo dijo...yo lo entendí, lo entendí cuando corto comunicación conmigo, cuando dejo de responder mis llamadas, cuando simplemente su foto de perfil de WhatsApp desapareció...

Incluso en días como hoy pienso en llamarle, a veces lo hago solo para escuchar su voz en el contestador automático, nunca dejo mensaje, no tiene caso, y no lo tendra por el hecho de haberle mentido.

Agnes y yo será el libro que no podre escribir jamás, será el poema más bonito de todos y que solo existirá en mi cabeza, que podre imaginarme esa vida que pudo ser y no fue.

Y la peor parte de todo esto será llevarme la condena de que las cosas no sucedieron por no abandonar mis mierdas y por tener miedo...

A veces me lo pregunto...

¿Qué haría si no tuviera miedo?...

ESCENA POST-CRÉDITOS

Hoy, volveré a marcarle...

Se de antemano que no contestará...

Han pasado los meses desde aquello, de hecho...casi se cumple el año y es probable que no nos volvamos a ver.

Marcare una vez más antes de dormir, entrara el correo de voz y la escuchare...

Debería dejarle un mensaje...

Muchas veces he pensado en que diría ese mensaje, nunca acabo de convencerme sobre que podría decirle que no le he dicho ya...

Hola,

Se que no hemos hablado desde hace mucho, que no nos hemos visto...

Me rompí por dentro al haberte hecho llorar, no lo merecías, tampoco merecías haberme conocido, si bien tu corazón hermoso tarde o temprano se iba a romper por alguien...me hubiese gustado no ser yo el causante, me hubiese gustado ser quien te curase, quien le diera besos a tus heridas hasta que cicatrizaran, me hubiese gustado haber sido sincero desde el principio para que te dieras cuenta de la mala persona que era y que no debías estar cerca de mí, mi error fue darte like, debió haberse quedado todo en la imaginación pero la verdad es que creí que una vez que terminaran *los meses del manicomio* todo volvería a la normalidad, una normalidad con la que sí podría lidiar, una normalidad...que si bien no era la mejor, y existían demasiadas cosas que corregir... asumí que podría con ello y lo hice desde mi ignorancia...

desconocía la magnitud de lo que me enfrentaba hasta que fue muy tarde…solo fue hasta que me detuve a respirar un poco y vi todos los cadáveres que había dejado a mi paso…

Estúpidamente pensé que podría corregirme, que podría ser un buen hombre para ti, y eso lo pensé en cada interacción contigo, en cada llamada, en cada cita, en cada beso…y por mucho que me enamorase la idea nunca logre de verdad hacer las cosas bien, me gustaba mucho pensar que se podía, me gustaba mucho pensarnos intentándolo, me gustaba mucho incluso pensarte a futuro…en mi futuro…

Mis palabras fueron muy atropelladas y no supe expresarme bien, después de aquella vez me sentí como aquella vez que me robe un cd de best buy cuando tenía 11 años, sentí culpa… arrepentimiento…luego conforme esos robos seguían ocurriendo por que no podía controlarlo y luego evolucionaron en crímenes medianamente más grandes deje de sentir culpa para sentirme bien conmigo mismo e incluso decirme "soy bueno en esto"…el caso es que este cinismo se extrapolo a cada aspecto de mi vida…ya me distraje…lo siento…

Vale, lo que quiero decir o debí decirte es que lo lamento, estar contigo fue como robar algo que no me pertenecía, no fui sincero y me siento apenado por ello, no hay manera de reparar lo que hice, ni tampoco el haberte hecho llorar con todas las estupideces que dije, y solo quisiera verte una vez más, solo quisiera que…

Beep.

"si está satisfecho con su mensaje presione 1, si quiere escuchar su mensaje presione 2, si quiere regrabar su mensaje presione 3, si quiere borrar su mensaje presione 4"

Suspiro.

La cámara de aleja.

Presiono un botón y se escucha el tono más es imposible distinguir que hice.

Empieza a sonar "I wish i knew" interpretada por Chet Baker.

La cámara se sigue alejando.

Oscuridad.

Video granulado como tomado en una super 8:
Se nos observa ambos patinando cuando recién nos conocimos, ambos felices, tomados de la mano, la edición del video es muy accidentada, de repente estamos patinando, en la siguiente somos nosotros siendo felices y sonriendo, en la siguiente ella dice algo, pero no hay audio, luego otra escena donde nos besamos, se ven muchas escenas, todas en la pista de hielo y el ultimo corte... somos los dos abrazándonos al centro de la pista.

Oscuridad.

FIN.